Für

Miriam
Paula
Jakob
Leopold

Düsenfried

Nie mehr allein, das wär fein!

Julia Diesenreiter-Tlapak
& Yasmin Hörner-Bassa

Es war einmal vor langer Zeit
ein Monster ohne Heiterkeit.

Ganz klein war es, ganz schwach und dürr,
die Haare gelb und einfach wirr.
Man konnte es nur spärlich sehen,
und niemand wollte an seiner Seite gehen.

„Dich wollen wir nicht, du kleiner Wicht!",
riefen sie aus weiter Ferne.
Das hörte Düsenfried gar nicht gerne.

„Ja, Düsenfried, so ist sein Name!",
meckerte die feine Dame.

An diesem Tag, da ging er fort
und suchte sich einen besseren Ort.
Ein Ort voll Sonne und Glück sollte es sein,
denn das Leben war viel zu traurig, so ganz allein.

Er ging tagaus und auch tagein.
„Irgendwo müssen doch Freunde sein!"
Sah weite Wiesen und kahle Felder,
auch immer wieder dunkle Wälder.
Er kam an Meere – tief und blau,
doch meistens war der Himmel grau.

Klein Düsenfried, der gab nicht auf
und kletterte ganz hoch hinauf.

Von oben rief er dann hinunter:
„Ich weiß, mein Zuhause, das wird bunter!"

„Bunter? Gut gemacht, jetzt bin ich munter!"
Die Stimme war ganz rau und leer.
„Scheibenkleister, wo kommt die her?"
Düsenfried sprang auf vor Schreck
und wollte einfach nur noch weg!

„Ein Geist, ein Drache, ein Ungeheuer,
vielleicht spuckt es bei Nacht sogar Feuer!"
Düsenfried fing an zu laufen,
hörte sich vor Angst laut schnaufen.
„Wo willst du hin, du Gumminuss?
Ich bin es doch nur – der Lillibus."

Da fing der Boden an zu beben
Düsenfried meinte, er würde schweben.
Mit einem Ruck stieg er empor,
sodass er glatt sein Gleichgewicht verlor.
Er fiel und fiel – ganz tief hinab,
doch plötzlich fing ihn etwas ab.

Es war ganz hart, es quietschte laut
und seine Haut war aufgeraut.

„Jetzt frisst es mich auf einen Satz.
dann hör ich einfach nur mehr SCHMATZ!

Es zerbeißt mich wie ein Würstel
und ich ende im Zahnbürstel!"

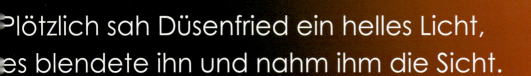

Plötzlich sah Düsenfried ein helles Licht,
es blendete ihn und nahm ihm die Sicht.

Es kam näher und näher, es starrte ihn an,
wie es nur ein Monsterauge kann.

Da hörte Düsenfried die Stimme erneut
und war darüber gar nicht erfreut.

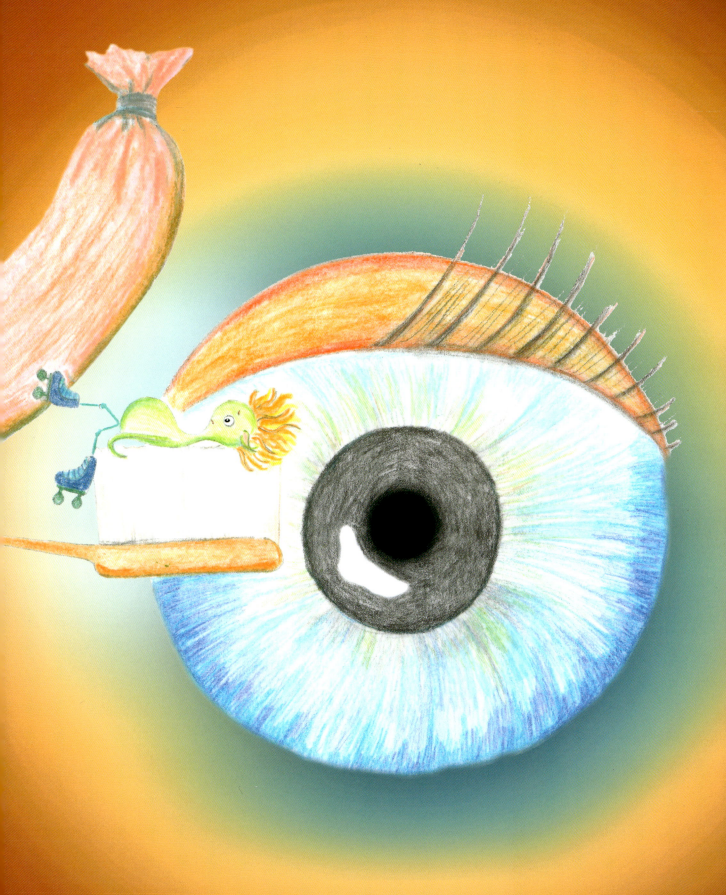

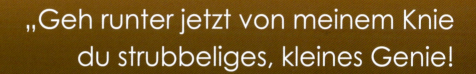

„Geh runter jetzt von meinem Knie
du strubbeliges, kleines Genie!

Ich fress dich nicht, dich kleinen Wicht,
ich mag viel lieber Reisgericht!

Ich bin ein Monster, so wie du,
nur viel zu groß und ohne Schuh.

Die anderen, die fürchten sich vor mir,
darum wohne ich ganz alleine hier."

Die Stimme klang jetzt weich und traurig,
für Düsenfried trotzdem noch schaurig.

Doch nun wollte er mutig sein – sich trauen
und diesen Riesen einmal genauer anschauen.

Lillibus war groß wie ein Berg,
daneben war Düsenfried ein Zwerg.

Seine Augen waren kugelrund,
wie eine Sichel, so war sein Mund.
Der Bauch war wie ein Regenbogen
und über seinem Kopf die Vögel flogen.

„So schaurig siehst du gar nicht aus,
du bist nur groß, so wie ein Haus!"

Düsenfried nahm allen Mut zusammen
und fing an zu flüstern – mit roten Wangen:

„Wenn du willst, bleib ich bei dir
und wir wohnen ab jetzt gemeinsam hier.

In einem Haus mit bunten Wänden,
wenn wir uns fürchten, halten wir uns
an den Händen.

Nie mehr allein,
das wär fein!"

Lillibus sah ihn lange an.
Meinte er das ernst, der kleine Mann?

Über einen Freund würde er sich freuen,
Düsenfried wegzuschicken wahrscheinlich bereuen.

So fing er zögernd an zu lachen:
„Wir könnten zusammen lustige Sachen machen.

Schwimmen, Rad fahren, spazieren gehen
und uns beim Tanzen im Kreis herumdrehen!"

Nun lachten beide laut vor Glück,
von nun an gingen sie gemeinsam –
und keiner blickte mehr zurück.

Julia Diesenreiter-Tlapak wurde 1983 in Graz geboren. Aufgewachsen in Gleisdorf, durfte sie dank ihrer Eltern und der Vorlesestunde in der städtischen Bücherei schon sehr früh die zauberhafte Welt der Bilderbücher kennenlernen. Sie absolvierte die pädagogische Hochschule Graz und arbeitet seit 2011 als Volksschullehrerin an der Volksschule Weiz. So kam es, dass die Geschichten und fantastischen Figuren sie bis in den beruflichen Alltag begleiteten. Julia Diesenreiter-Tlapak lebt mit ihrem Mann und ihren drei Kindern in der Nähe von Gleisdorf. Ihre Freizeit verbringt sie am liebsten mit ihrer Familie und ihrem Hund in der Natur. Ihre großen Leidenschaften sind das Reisen, ihr Garten und das Vorlesen sowie Erzählen von Geschichten. So entstand an einem gemütlichen Sommerabend am Meer auch das kleine, liebenswerte Monster Düsenfried, das die Herzen ihrer Kinder im Sturm eroberte und sie seitdem immer wieder mit neuen Abenteuern in ihr Träumeland begleitet.

Yasmin Hörner-Bassa wurde 1974 geboren und ist in Gleisdorf aufgewachsen. Nach dem Studium der Architektur in Graz arbeitet sie nun als Landschaftsarchitektin und plant Freiräume, Plätze, Gärten und Spielplätze. Sie lebt mit ihrem Mann und ihrer Tochter in Graz, gemeinsam leiten sie den Karateverein Gleisdorf. Daneben ist das Reisen eine große gemeinsame Leidenschaft. Seit ihrer Kindheit ist sie von schönen Büchern begeistert. Dieses Interesse wurde durch ihre Eltern und die ortsansässige Buchhandlung sowie Vorlesestunden in der Bücherei geweckt. Nun entstand ein gemeinsames Buch mit ihrer Cousine Julia. Somit ist Ihr Kindheitstraum, nämlich ein Kinderbuch zu illustrieren, in Erfüllung gegangen.

Impressum
© edition keiper, Graz 2021
1. Auflage November 2021
© Illustrationen und Layout: Yasmin Hörner-Bassa
Umbruch: textzentrum graz
Druck und Bindung: OOK-PRESS KFT
ISBN: 978-3-903322-44-8

Das Werk ist urheberrechtlich geschützt. Die dadurch begründeten Rechte, insbesondere die der Übersetzung, des Nachdrucks, der Entnahme von Abbildungen, der Rundfunksendung, der Wiedergabe auf fotomechanischem oder ähnlichem Weg und der Speicherung in Datenverarbeitungsanlagen, bleiben, auch bei nur auszugsweiser Verwertung, vorbehalten.